36

第 3 6 届 青 春 诗 会 诗 丛

《诗刊》社编

眺望灯塔

一 度 著

长江出版传媒

长江文艺出版社

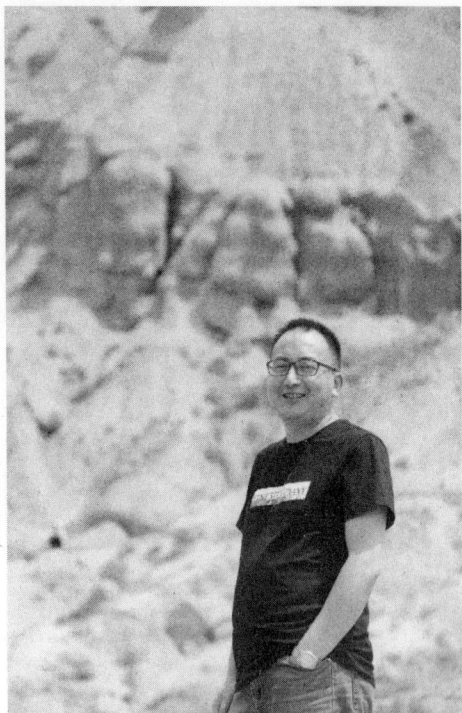

一度，本名王龙文，1980年生，安徽桐城人，现居黄山。鲁迅文学院诗歌高研班学员，参加第八届十月诗会。和友人主编《安徽80后诗歌档案》，著有诗集《散居徽州》。

目　录

江　水

江边散步，远山辽阔
江水从容，此刻宁静
让细微的事物着迷

我正好读到：万物悲怆
皆有风情万种的脸
万物还应该有深埋的心

忆无常

松鼠有枯荣之心，阳光
拂过清晨的丛林

大地上茫茫的猎手
如何愧对这白雾里的一天？

我知道，草木无常
孤坟漫过我船型的脸颊

父 亲

"弟兄们，在那星空上界，
一定住着个慈爱的父亲。"①
那也是我的父亲。执教鞭的手
拂过夜晚的村庄
每隔几天他就要回来
借助微弱的星光
我躺在茅草堆上
梧桐树梢的灯笼不再明亮
荷塘里挖出的每截断藕
都是一条荒芜的小径
那时，我们站在轮回的磨盘上
总有些枯枝被踩出清脆的回响

---

① 出自德国诗人席勒诗歌《合唱》。

傍　晚

江边的码头，回归安宁
这卸下嘈杂的傍晚
有着露珠一样的明亮

远方山水离去的悲伤中
灯盏里端坐的母亲
如此安详，照亮空过的镜子

安庆振风塔顶

振风塔顶，趴在栏杆上
看远去的江水
夕阳正湮没我的头颈

还有什么，被阳光轻轻
锯过，而从不喊出疼？

村 庄

没有什么值得被反复歌颂
被反复消磨

落日如洗。照亮
母亲最后一块自留地

新米在桥头蒙上灰色
昏聩的古树下，孩子
听到身体里的芦苇，渐渐拔高

我想悄悄地忘记他们

终于厌倦镜子的对话
当我松弛下来
不再保持警戒

冒着水汽的陌生男人
终于看清了他的脸，但触碰不到

白天的榛子林让我怀念
每个人因为被遗忘，而感到满足

这世上，多少人喊过我的名字
我却想悄悄地忘记他们

宽　恕

有时，听到窗外有人谈论
他们就坐在树底下
我多想宽恕他们身后
漫出屋檐的梧桐树，也希望求得它们宽恕

万龙滑雪场所见

周末约好一起滑雪
走在半道
雪在身后越聚越多

我看见远处雪杉枝头
新的木材正在长出

只有风雪击穿我们
才获得内心长久的安慰

望江漳湖镇的柿子树

所有的叶子提前离开
为什么，这些红
让我如此愉快地落泪？

多想抱抱柿子里
住着的母亲
它们终究带着母亲一起
衰老，溃败

这些皮包的骨头呀
这些坚韧的石头呀
就这么残忍地
让我遇见，让我还能再哭一哭

风中所见

晚风中，低伏的油菜
让我想起那些，一生都在低头行走的人

抬着水上山的喇嘛
街头烤红薯的老人。修鞋子的
修伞的、修电动自行车的……

王二在屠宰场的树阴下磨刀
他从不因为愧疚，低过一次头

夜晚那么短

夜晚那么短。凌晨的屠宰场
蹲满肉贩子和三轮车

夜晚那么短，失眠的人就这么
醒着。天花板醒着

薄雾里的烟囱那么短
饥饿的人，梦到的甘蔗那么短

神父的十字架那么短
婚礼上父亲发言那么短，他抱紧了身边的女儿

花家地即景

院中梧桐，有三层楼高
斜着的身子
像深处溢出的塔

二层阁楼的鸽房
如此时天气
灰暗，焦躁的树叶
正在形成

夜晚的双杠，月光昏沉
对面是中央美院
年轻的学生经过我身边

像那些年，内心滚烫
走进姑娘们热爱的电影院

我 们

穿梭在街头发广告传单的有我
菜市场买菜、送孩子去学校的路上
有我。昏暗路灯下
带着饭盒下夜班的工人中，有我
车间里，用黄油拧开生锈的螺帽
递扳手的人，也是我
有时候，我已经分不清哪些是我
哪些是我们。就好像刚刚读过一本书
我们的面孔集体呈现了
而我却又消散。餐桌上
阳台栀子花前。那些被月光悄悄篡改的
姓名，就是我。凌晨装卸蔬菜的
给麦地盖上薄膜的，在大地上忍着痛写诗的人是我

星期六早上

星期六早上
有人要抢走深山的房子
抢走那把古铜钥匙

浓雾下，穿过那片密林
孩子们，还在为迟到的祷告
遗憾。他们刚刚睡下

因为很少有人来过
这里的绝望，比别处的要少得多

赴泸州途中所见

细雨迷离中
所有瓦片，都是出走的少年

请原谅这些跛脚的人
用一生，才走完我们半生的路程

晚风中走来的吹鼓手

晚风中走来的吹鼓手
多么像我的父亲
穿着旧军装，站在漏雨的屋檐下

他始终没有笑过
哪怕我们四姐弟簇拥着他
和四处漏风的墙壁

母亲的灯盏，悬于梧桐枯死的枝干
悬于她膝盖积水的夜晚

在乡村

除了劳作，我还愿意在乡间
小住，沿着河堤散步

溃败的羊群，在少年练习簿上
吃草。一两声鸟啼
有时候，就可以带我回家

暮　晚

白发佝偻者，在河流上游
突然遇见的一束光
袭击了他和整个傍晚

只有我，一只脚站在村外
自从看到这衰老之相
我便一事无成

时光集

在我成为父亲之后
池畔的柳树
迅速衰老了。

曾经，我是它的养子
也曾抱着中药罐
含泪吞下一次次落日

为此，我咽下更多的落日
咽下一日三餐里
父亲仿若朝圣的脸。

孩子呀，快回来

耳朵上挂着露珠
鞋上沾满奔跑的草屑

孩子呀，快回来
清洗锈掉的车轮

清洗落日下，滚过的铁环
怀旧的头颅

黄昏，江边即景

雨水刚停，江面上反光的
渔船即将靠岸
有些认识的人在路上
互相道别。江水吞掉了他们的
最后一句话。暮色里
我牵着儿子的手，加快了脚步

大雪封山

有一年，经过峡谷
大雪堆积山口
抖落肩上的暮色
却抖不掉天空降下的哀悼
一贫如洗的年代
还要进山摘蘑菇，还要背回
牛羊过冬的干草
雪踩在脚下，咯吱咯吱地响
像我们在信纸上，刚刚学会的生词

海北草原

从每颗星辰获得磅礴的力量
从转经筒和经幡里醒悟
脚下土地不断延伸
喝下暗夜里的雨水，那些困在舌尖的
孤独。这里没有一条小路
通往故乡。也没有一根小草
安慰荒凉过的天空
"一颗珠子被岩石击得粉碎
但正好涂亮了我们的肌肤" ①

---

① 出自彝族诗人阿卓务林《夜的颜色》。

黄 昏

无外乎废弃的木材加工厂
枫树老去
它将新的一天归还给路人

另一个黄昏，新的厌倦
到来之前，我要读完
耶胡达·阿米亥《人的一生》
"人将在秋日死去"

笔直的钟楼曾给我安慰
荷花里，究竟藏着
多少欢爱？夕阳下的垂柳
仅仅练习忍耐和承受？

黄昏的花园，新的孤独长出来
像背脊上露出的鱼刺
病榻前，它提醒我
废弃的身子，有时是无用的

她不间断地递给我新的药丸
和治愈的山水

给我喉咙里永不消化的夏天

和不可到达的亭台。

傍晚，收到远方的回信

她在信纸上空着

像少年时的天空空无一物

小　路

它笔直地通向我，略带嘶哑的
嗓子。荒芜的乡村
在枯草中蔓延，群山参与了它的
孤独。

如果不是一场风雪，我一定还能
准确地找到它。并且告诉它
我儿时的厌倦还在加剧：
青色的麦苗、金黄的稻田

只有这悄悄的小路，浮起故人的脸
浮起稻穗上的祖父母
并代代相传。我又留下什么
给尚未受戒的儿子？我能将小路
指给他并找到最终的方向吗？

过早地忧虑世界

星期天，怎么也快乐不起来
想到远处还有那么多牛羊
没有干草过冬
那么多漏雨的屋檐亟需修补

清风没有吹满谷仓
棕榈树没有落满良禽
那么多忽明忽灭的灯盏
以及炮火中罹难的青年们

我摊开紧握世界的手掌
就那么一下子
虚无占据的门楣，重新站立起来

南溪南

花山大桥下的两座牌坊

是禁锢的时间

谁还能记起这纪念的源头?

江堤的坡坝

开满油菜花

养蜂人在迁徙的路上

为什么,这些勤劳的人

一生都在迁徙?

修剪枯枝的妇人

给老屋换瓦的老人

本身也很凋敝

稻田里,新的农作物还没种下

昨日下过的雨

像瓷碗里甘洌的泉水

闪着白色的光

就这样,我在昏聩的江边

整整一个下午

每一个自由而散漫的夜晚

每一个自由的夜晚来临前
我都会失去自己一次

书本中掩藏不住的
戾气和杀意。时刻提醒
桃树下蒙面的我。"你还能捧起
清澈的湖水，灌溉荒凉的身体吗？"

木剑长出铁锈。雷声
落满荒芜的小径
因为诅咒，香樟漫过屋顶
每次，我都要锯下
它高傲的头颅。它始终没有向我臣服

因为厌烦楼顶琴声，我敲开了
它们的门。闭上眼，就是呼啸的河水

疫中居家有感

很多劳作的工序
又熟悉一遍
并乐此不疲。锄头、斧子、电锯
用起来得心应手
后山的院子
栽下茶树和灌木
菜园里，种下辣椒、莴苣
给豌豆搭竹架
多年后，还能回到这里
果木下的树阴正好
覆盖白色床榻，阳光
照耀对面山顶父亲的孤坟

歌　唱

大声歌唱吧，死亡大行其道
越要大声歌唱

用樟树华美的叶冠歌唱
用废弃的挖煤场、石堆场

用墓碑上提前刻好的悼词
用草帽上不畏死的蝴蝶

用孤苦伶仃的野荠菜、鱼腥草
车前草、马齿苋、灰灰菜

大声歌唱吧，那些死去的人
正在和我们一起，接受生命的赞美

海鲜市场

忍着痛，我们走进海鲜市场
大海走进隔壁餐桌
他们拖着长长的饱嗝，吃完最后一只
海胆。"大海从无限寂寞的
腹腔中醒来，摇晃这松动即将垮塌的世界"
陆地预言家呀，他们用
松针编织的王冠，献祭给他们的王
让他恪守和平。让他在大海上获得永生的光明

阴雨天的黄梅村

阴雨天，栽菊花的人回来了
葡萄园的工人回来了
在隔壁村换瓦条的人回来了
摘茶的人，从山里回来了

到镇上卖鸡蛋的人回来了
买菜籽的人回来了
果园里嫁接板栗树的人回来了
修理口罩机的人回来了

聚在樟树下。更多的人回来了
坐在他们中间，很多人我还是第一次见到

江边下午

江边草地上坐满了人
被关了太久

江水浩荡，治愈
我们的忧患症。也让树叶的摇摆更加从容

星期天的咖啡馆

星期天的咖啡馆，男人在
一张旧报纸里脱身而出
窗外，一匹野马反射的阳光
经过玻璃，照在他脸上
因失眠而绞痛的脸。
昨晚风雪，桉树倒在丛林间
没人看到。隔壁桌女士
刚刚从一场失败的婚礼
收获一套房子。她套上呢子大衣
消失在雪地里
好像从没来过。火炉上煮着的
钢琴，像鸟鸣刺痛过的湖面
也刺痛着，这些无家可归的人

梦 中

和狩猎的人一起，在峡谷等待
动物们起身去战斗
它们哪里知道另一场猎杀的游戏
刚刚开始。我们身体里暗藏的弓弩
发出铮亮的嘶鸣
四月的草木适合遮掩这么多
手持戒刀的人。即使是两手空空的孩童
也能撕裂幼小的麋鹿
听……
骨骼在清晨崩裂的声音
箭矢穿过丛林的呼啸
那些对着祖先方向半跪着的哀号
鲜血流向洁净的湖泊
我们这些胜利者，舔净微风中的血雾
踩过塌陷的、微微耸动的山丘

因为愧疚呀

因为愧疚呀，柳条离开湖面
苍鹭飞抵黄昏的栈台

因为愧疚呀，红袖章劝导员
多戴了一层口罩

因为愧疚呀，野地里芦蒿
一再弯下腰，答应不再长高

因为愧疚呀，天空留下
孤独的路。捕虾的孩子，网兜空无一物

果园即景

果子离开果园
他终于能够坐在苹果树下
安静地抽根烟，看一看天空
到乡镇澡堂子里
露出白花花的肋骨。洗头房里
塌陷的颧骨重新高涨
路过树下的新坟
摇摇晃晃，走到夕阳远落的地平线深处

西昌海河边

在无边的夜晚发愣
我便成了无边的一部分

在河边，长久地看着
一株压弯的芦荻
我便成了众多芦荻中的一棵

"神借着烛光
诵读过我们的名字"

父亲是长大后的一盏灯

雷雨倾倒的院子里
我们都想起了那个午夜

梧桐上挂满灯盏。松香
飘荡着远走的气味

父亲敲着床榻,"我要走了
我会变成你长大后的一盏灯"

哪一盏中秋的灯里坐着你? 父亲
那些越来越明亮的灯,让我日渐消瘦

结婚时,母亲说
树上挂盏灯笼吧
即使你看不到
但是,他一定可以找到你

小树林

小树林里
风抱着我，灌木抱着我
松鼠和嘴里衔着的松果抱着我
我抱着天空
那不善言谈的、巨大的缺口

屋 顶

父亲站在屋顶，接甘露后的
雨水，我仰望星空
正好看见他弯下的臂膀

父亲死后，母亲站到屋顶
炊烟修饰了修剪枝叶的背影

二十年后，我站在屋顶
修暴雨后的裂缝
母亲从梯子上递来白泥灰
递来破旧的声音，站稳

若干年后，看不见儿子
站着的屋顶。儿子也无法看见
我曾经登高之后的战栗

故 乡

劈柴的日子里
能听到斧头拖着愉悦的尾音

灶膛里，木头分娩出
白昼和黑夜。

松针铺满厚厚一层
我们就是被这些，即将化为的灰烬养育

雪落在别处

炉火翻滚，雪落在别处
窗外，世界醒着
我也醒着。一截截的
松枝燃烧完

滑雪场，到处都是人
这些热闹和我无关

雪落在别处，别处的乌鸦
先白头。然后是一整排苦楝树

忆十月二十五夜北京狂风大作

落叶，从身体剥离出的
空旷。这么多年
我们被掏空的枝干，像海淀路的白杨

他们都有寒风裹挟的焦虑症
都有向往奔跑的自由
"两年来，我无时无刻不想着离开"
可最终，还在继续搬家的途中

京郊的老宅子，看人写字
在各种游荡的字体里吃饭
那些活着的字，跃然纸上的字
像一个个孤立的自己

归途中的狂风会让每个人
悔恨不已。会让路灯
抵达额头，像孤悬的明月

杜　鹃

和那么多溃败的杜鹃一起
我也是其中一株
世人遗弃的，我皆愿意收养

河 柳

每天河边都是簇新的
柳树都是新的
树下的石凳，树梢的鸟鸣
也都是新的

只有我不是。像一块旧掉的铁
在慵懒的旧山河里

下午的火炉

记得下午的火炉
不断加炭
屋内温度越来越高

想起儿时的煤油灯
母亲在我写作业时
悄悄拨亮灯芯

贫穷就那么简单
一截灯芯都能让她心痛不已

月光下的桂冠

—— 致聂鲁达

黑岛寓所，这个大鼻子秃头，收藏着
所有的船首雕像和偷偷幽会的
第三个妻子。月光下，棕色帽子
不至于让他难堪，他去过的国家
多得已经记不清，很多文字里的外遇
在他心里，开出艳丽的花
在白天，他扛着冲锋枪，经过所有街区
午夜，他成了另一个人
即使是逃亡，他也没停止，对一朵
玫瑰的歌唱，虽然，这些
与他的政治，格格不入
直到我再次相信他，"回到厌倦了自我的自我"①

---

① 出自聂鲁达《回到自我》。

秋天的某个夜晚

——致塞林格

黑夜里，有另一个塞林格

这个小个子老头

轻轻关掉床头灯，用手电筒照亮楼道

用实木削尖的笔

记着账单

生活到此为止。他坐在木阁楼里

大口喘气

白天卷的烟叶，燃烧黑色的肺病

他继续往阁楼爬

为了看清远处的丛林，他要卸掉

半边御寒的窗户

秋风破

—— 致叶赛宁

赞美雪橇、奶牛、吹口琴的少年
这个金色卷发的小男孩
有着不知疲倦的旅程，像鸟一样
游荡。俄罗斯的田野
倒了下来。秋天带走了黑管、手风琴
的合奏。雨季到来
他忙着填满仓库。锈蚀的小铁炉上
烘烤着松脆的薄饼
他的稠李树，有着松垮的气息
他甚至扛过苏维埃的枪
却消失在北方。过早到来的雪花淹没了村庄

远处那片丛林多么从容

远处那片丛林多么安静

或者说从容

高出秋天的露珠很美

不仅秋天很美

它们全部没有记忆

我曾无数次凝望深绿色湿漉漉的树枝

久久不曾言语

暴雨里的母亲

那时候暴雨，像抓不住的
蝙蝠尾巴。春风浩荡的午后
我看到暴雨里的镜子
虚妄的，裂缝里迸发的闪电

我的焦灼从那时
愈发严重。因为《诗经》里
断代的句子，房梁上悬着的
正午，因为姐姐们
刚刚在车间穿上干净的工作服

为什么，暴雨里的母亲
还要接过明亮的砍刀？
为了我的学费，她要在午饭前砍下一整堆松枝

情 人①

来世，请让我回到那条渡船，"杜拉斯
快找到我，我已经快 30 岁了"
胡同布满阴暗和潮湿，她说：我就是那个法国人
彼此用方言，很难交流
只有牛虻带走雨后的空虚，她才会回到地板上
重新审读黑人留下的白袍子

---

① 《情人》，玛格丽特·杜拉斯著。

风

村子里，到处是萧瑟的气息
只有老人和孩子们
有时候，风会传递信息。电话那头
呼呼的风声，一阵大过一阵
还有金属的声音，工地
或者破旧的工厂
孩子们在电话里哭
都是些穷人的孩子呀
风吹着他们，五颜六色的旧衣裳

小世界，大蚂蚁

蚂蚁骑在土豆上，蚂蚁经过木柴边
蚂蚁扛着前进的枪。

蚂蚁是野火，是野火里高亢的歌
一群蚂蚁，站在绝望的稻草上。

布拖的盘山公路

每次盘旋，群山掩面而来
一旦参与它的孤独
内心的寒气终会溃败

这些风都有着
美好生活的向往，从一棵松树
传递到另外一棵

鹰的眼里，只有古老的火
在新文明的花朵上绽放

秧田里的光

有一次，傍晚回老家
看见雨幕下
那些还在插秧的人们
暮晚的光稀疏地
映在水田里
这么多年了，这些光
一直有溃散

飞机飞过村庄的上空

飞机飞过头顶
众鸟的喧嚣停止了

树叶摩挲着，赞美
晚风中碾米的人

劳作的人归来，父亲回到他们中间
饮酒。忍着痛，拔下针管

春风里

诊所里拔掉针管走进
小酒馆的张三。他的胃炎是孤独的花园

大树吊针液下的垂柳
每次摇摆，都忠于内心的赞美

丢掉一张老床垫，就一直醒着
再也没有一张床，适合我死去

清　明

别再议论他们。伟大或卑微
如今只剩一个名字
有些连名字都没剩下
别再吵醒他们。也别带鲜花簇拥着
还有什么放不下？
我们的脚步越来越快了
很快就会相见
辈分也会不断降低。儿子
孙子、重孙子，王家后辈
那个抱着自己灵堂痛哭的人。
请原谅我第一次死，没有经验
不守规矩。但很快我们就成为他们
无所事事，没有姓氏
看年轻人大声喧哗，经过我们面前

墓志铭

请遗忘一个人来过的气息：
脚步、森林、水
落叶长眠于此
那些爱过的姑娘们
在夜里，我爱得更为隐秘一些

蛰 伏

这么多年，我一直习惯蛰伏
早已失去棱角

白天，遇见很多人
我也是他们中的一个
地铁里攥着公文包的职员
街头穿灰西服的地产销售
站台边，因为车祸，等待救护车的丈夫

夜晚，双子座的猎犬
对着自己说抱歉的狮子
亲吻十字架的牧师。大地依然匍匐在
我的胸前。我记下数不清的名字
在一张密密麻麻的纸上

鸟　鸣

清晨，一望无际的鸟鸣
想准确找到它
是徒劳的。它无处不在
在床头闹钟里
在昨晚口渴的玻璃杯
在失业者塌陷的兜里
在倒闭的粮站前。在罗永浩不太熟练的直播里
在河边，两个妇人浆洗的衣裳里
在武汉樱花大道。在泸山
绵延的山火中。有时候，我也试着叫两声
却怎么也发不出声来

声　音

那么多的声音，难以忍受
我拉响了腹腔的警笛

我想告诉你们的是
从十八楼眺望
云彩祥和，所有人充满悔意

给儿子

乡村公路的傍晚，我指着
稻田里倒伏的麦子
油菜教他辨认。希望他能继承
我日渐模糊的乡村意识

金灿灿的秋天，我带他经过
杉树林，"如果花光了所有钱
是不是像杉树一样落光所有的叶子？"

我惊奇于这样的比喻。孩子呀
其实那些落光的叶子
像我的父亲，像1983年倒闭的粮站

也像你踩过我的肩膀。塌陷的山水
终究未能从凋敝中站立
我空腹中的水电站，还能为你
孤独无助时，弹奏起渐弱的琴声

暴 雨

暴雨顺着耳根，像俯首的壁虎
我内心的壁虎还在静坐

暴雨里走过的玻璃
三个人抬着
不，应该是它抬着三个人

内心的壁虎，剔出火焰的骨头

时光的恩赐

果树下打盹的时间不多了
餐厅里的唠叨不多了

不再吝啬对一个理发师的赞美
不要忘记每一粒米的
养育之恩。每一次
餐桌前消失的祖先

地铁口，一路小跑着
晚霞拖着我们进入又一次轮回

夜　路

母亲从岭头砍柴回来
五里山路走一个多小时

有一次，我们躲在暴雨里
看不见彼此
她攥着我的手，"怕不怕?"

那个夜晚始终没有
将我们分开。只不过
现在每次夜路，我攥着她的手
问她："怕不怕?"

除 夕

姐姐们在厨房忙碌
继承了年夜饭的传统

母亲没有闲下来
细雨中，劈着木柴
对面山坳里
父亲沉睡了三十多年

我相信，这个时候
他就那样看着我们。像当初他从病床上
望着凋敝的村庄一样

孩子们

孩子们走过桥头，暮春早些时候
单衣裳还有点冷
他们都拎着五彩的玩具
走在赶集的人群中

如果不是他们跑过来
我还看不到这些散开的花衣裳
像安静的鸟鸣
就这么一下子，铺满绿茵茵的草地

雪　夜

有一次，走丢了
找不到回家的路
我站在原地
等姐姐的火把

像一封被遗忘的信。
雪咯吱咯吱融化
那是我第一次听到
暗夜里，不同于自己的声音

刽子手

年老不治的刽子手
低垂的鞭子，垂在床头

这低垂的花园，像内心
谨慎的法庭。像铁匠审判铁一样
我审判过父亲的离世

鞭梢指过的江山尚且滚烫
我看见浑浊江水中
浮过的头颅。

畏 高

患上畏高的毛病
曾经，在落地窗前
我看见一个人
像一只鸟，轻飘飘地坠下去

半夜醒来。怀疑的高楼
早就不在。还能听见她在梦里
轻声地说：疼

就像多少次，我疾步经过墓碑
那些从地底冒出来的
——钻心的疼

湖水反复纠缠

湖水反复纠缠，有时候
它们用疼痛碰撞疼痛

人没有给予的，它们自己
首先学会了欢乐，然后学会离别

浮世绘

路过天桥，乞讨的人聚在一起
互相取乐。旁边是冻得发抖的学生
"家教，文科或者理科"
她不急着回家过年。村庄的白雪
比父亲的钱袋
干净得多。父亲被劣质香烟
熏黄的手指，摩挲着一张张带着潮气的纸币
像寒风刮过的玻璃窗

桃　树

桃树上站立过的事物
如今去了哪里？

数不清的麻雀。细雨中
游船的轮廓
恋爱的人，枝头留下的誓言

还有杨树倾泻下的
月光。有时候是
那些刚刚学会
从父亲肩头登高的孩子

清晨的河流

清晨河里，还有一条河
一层一层的河流
缠绕得我透不过气
这些读过《诗经》和《全唐书》的河水
熟悉炒茶和蒸馏酒的河水
懂得审判的河水
"它们是滚动在我眼皮下的
闪电和雷"①

---

① 出自叙利亚诗人阿多尼斯诗歌《祖国》。

屋脊上的麻雀

麻雀并排停在屋脊
无法准确地辨认其中一只

房子也都是一样的
但是我能准确地找到家

人海里，母亲总能
第一眼准确地找到我

一周记录

我写下，星期一，晴。
阳光穿透竹林

星期二，雾霾严重
弯腰钻进地铁的人，瞬间消失了

星期三的夜游症
耳朵像枯树里浮现的小提琴

星期四，至少有一天
写作，做自己的敌人

星期五，远眺的亭台都是空的
古树里读到的隐喻，像多余的旧山水

长春莲花山滑雪场

雪道上，我挣脱不了新的身体
摔倒，爬起

疲惫时，坐在雪堆上
看迎风流泪的人
在风镜后隐忍地哭

雪场边不知名的野花
那么多人经过
它们却始终没有抬过头

花家地

为了这枯死的枝头
我们有了重生的欲望

在夏天搬家。在北京午夜街头
游荡，跑很远的地方
看一条河流，暮色清冷

我的瘦，不仅因为
囊中羞涩，不仅因为
南来北往的人短暂停留，然后分离

为了这锯倒的梧桐和无数的
租房广告。继续漫不经心地走着

景区卖雨衣的妇人

她生怕我认出来
穿雨衣的身子
往后缩了又缩

不就以为我是游客
昨天，10 元的雨衣卖给我 15

很远就看见了她
装作望着别处
我将自己的恐惧和她的
都藏一藏

暗　夜

我从不在暗夜点灯
不在木柴边
哭死掉的桦树和梧桐

不在镜子里
读过去的回信
不再反复修改自己，然后毁掉

"我去过很多地方，但我
只遇到过很少的我们"①

只有抬头时，我才看清
额头处的灯盏
尽管它微弱，似病牛塌陷的眼睛

---

①　出自美国女作家卡森·麦卡勒斯《心是孤独的猎手》。

感　谢

感谢冬日里
每一束光平等赐予
感谢河水
温故知新，从不厌倦自己

感谢苍鹭黄昏时
突然到来的衰老
感谢暮色里
扛着粮食的蚂蚁
它们的一生
没有走过我们一天的路程

大风刮过北京城

十级大风下的北京
一切摇摇晃晃
拦腰斩断的树木
横在马路中间
街道的悲伤并非空无一人
喝过太多的烈酒
始终无法安睡
"今天的街上比昨天少几十个人"
今天的人群也不是
昨天的。车流中央
散发小广告的妇人还在
他们都关着车窗
"为什么你渐渐冷漠，却越来越瘦？"
我看着电锯
锯倒树木，木屑隐藏泪滴
一些蚂蚁，扛着粮食
像乱世，那些扛着枪的青年

致小外公

他有体外悬浮的桦木
有内心的戒律……

深陷在沙发上，眼里
再也装不下群峰和苍茫了

畏死之心打造的木手杖
如今寸步难移

一碗小米粥聊以度日
下一餐将浮现生还的脸

西溪南

观景愉悦，我们的满足感
来源于自然的局部？

枫杨林隐于村庄。布谷鸟
悬于望山居而腹中啾啾

我所怀疑的复古一旦复活
这山水，简直是旧掉的油布

还能比拟作古的先生？
拖着远唐的腔调：
"雁声远过潇湘去，十二楼中月自明"①

————————

　　① 出自唐朝诗人温庭筠的《瑶瑟怨》。

给王吾一鸣

儿子是一个枪械师
在露台练习瞄准

用坏三把小提琴
也是在练习瞄准

迟早一天，他会瞄准我
把我和旧玩具清理掉

还会若无其事地
拍拍我的肩膀
像拍打裂隙处年久的灰尘

特殊记忆

三个没戴口罩的人，挤不上
公交车，天黑了
他们没法回家。高速路口
被劝返的车辆
重新消失在夜幕
抢消毒液的人
冒雨站在药房门口
再过多少年，还会记得他们吗？
树木葱茏，树下空无一人

丰 溪

从流水中听剥茧声，听丝竹声
听过往的反复纠缠
微风里，听久病的小外公
他的预见。即将消逝的生命之声

听自己崩溃掉，烂在湿地的
滩涂。再也不会因为
一块瓦片，坐在灰蒙蒙的石桥上
哭，看灰蒙蒙的邻人
如何走远，吞下烟囱上的落日

笔直的乡间小径，没入荒凉
在房顶，那些不肯睡去的人
抱着久散不尽的薪火，听丰溪一路奔腾

在林语堂①

蜂箱里住着的，是另一种夏天
是被局限的，被密封的时间?

是晚安中的林语堂。母亲在餐桌前
洗净了手。旧的一天又将过去
而父亲的死，每一天都是新的

花园里游荡，新的植物又追着我
索要名字。我知道，抓住你
就是抓住我的灵魂
就是让我在摇摆中度过余生

林语堂的日落里，如何才能保持
内心的不败。如何才能窥见
暴风雨里的故人，杨柳般弯腰的母亲?

---

① 住宅小区名，位于安庆市东门。

合欢树

穿过合欢树的浓雾
她来时脚步轻了点
因为几个孩子的玩耍
天色暗得稍迟
有些人行色匆匆，急着回家
我点亮厨房
远处小河，发出欢快的回响

父亲照片

母亲坐在板凳上讲父亲
那时候，我们还小
门前桃树还没学会开花
通过屋顶亮瓦辨认时辰

父亲遗像背面
我们四姐弟都刻下了痛字
刻得那么深。
它会跑出来，在我们床帐前
在小偷撬开门闩，恐惧的夜晚

母亲农药中毒后
躺在床上，抱着它哭
我们看着床榻上，洗过三次胃的母亲
也都吓得哇哇地哭

二　月

少女们经过窗口
像大街上走过浩荡的鼓手

面对沉默的堤坝
湖水不能替代我娶妻生子

寡淡处

托钵的僧侣，拖着断下的枯枝
一切腐烂的事物
在我心里，又腐朽一次

父亲们迎面走来，父亲们又继续沉睡
他们穿中山装，穿褪色的旧军服
穿打满补丁的夹袄，穿我们身上剥下去的
呢子大衣和西服。

剥下我同样作为父亲的
称呼。这灰蒙蒙的白天和夜晚

罗岭镇

炊烟不过是暮晚歪歪斜斜的
僧袍，充满雾霭的清晨
阳光刺破房子，树木一截截呈现

乌桕托举离家的刺
在秋天，落叶记下每个孩子
出走的时间

孤独让我们无法辨认
如果我们还能像往昔一样
咽下如鲠的黄土。如果还能继续
让自家的炉膛，吞下更多的废铁……

致自己

河流边，遇见昨天的自己：
对鱼篓保持戒心
对寺院里的塑像，仍存敬畏

钟塔之于群山，是叠加之后的
空泛。中年的凶险
似猛虎出笼，"昨天，雨后
一棵树枝垂在了湖面"

我垂于她的词。这么多年
墙角的一颗钉子
始终和垂死的壁虎对峙
"如果死亡，能够养育
母亲的病骨，我随时愿意"

终于垂下厌世者的铁塔
而我手心里的重物
也在卸除。"正如一切酣睡的人
在指尖慢慢苏醒"

写给我的父亲王小虎

父亲回来了，他没有死去
胡须夹杂冰碴
在原野，他还有着猎豹的速度

父亲回来了，他哪里也没去
攥着一九八三年的粮票
在倒闭的粮站前，找不到粮库

父亲回来了，曾经他在一本书里
沉睡，在麦地沉睡
在我刚刚出生的病房沉睡

"没有人看见我们在薄暮里手拉手
当湛蓝的夜跌落在世界上"①

---

① 出自聂鲁达《我们甚至遗失了暮色》。

和儿子一鸣在巨石山

整整一个上午，和儿子
坐在山腰石椅上
他快长成一棵树高

雾霭里的溪水，细碎的
生命之光，远山无限苍凉

暴雨深处

暴雨深处。一个孤僻的人
恋上一棵树

"没有什么比逆来顺受
更具谦卑"

西湖之春的夜晚，渐次凋零
那么多孤独的人
吃尽了一桌的空虚

暴雨中的厌世者。暴雨中的
迁徙和奔走
"我们紧挨着，但是无法靠近"

莫斯科归来

1917，他唱着喀秋莎，踢正步
莫斯科郊外，月光和合欢树一样寂静

他抽出递给顿河的一只手
曾经，河水随着薄暮慢慢降低

如今，他看着对岸
伸出一只神秘的手。他总是将
一切未知，视为知道

秋风里的果子，如妇人
空腹的钱袋
"下一次，讨论鱼骨穿过阴天
背脊露出故国山水"

他想泅渡回岸。夜色冲洗
嶙峋的瘦骨
他想交还一副未完工的棺椁
漆匠耗尽了滚烫的血

与父亲的咳血不同。他在年轻时

被三种事物所伤：
玻璃器皿、木屋里的桃木剑
湖水里的亚里士多德

可如今，带有一切批判性质的
都已存疑
就像戈尔巴乔夫参加前总理葬礼时①
看见普京递来的红玫瑰
就像面对来不及躲闪的剪刀

---

① 俄罗斯前总理普里马科夫葬礼 2015 年 6 月 29 日在莫斯科举行，普京、戈尔巴乔夫等俄罗斯政要及社会名人参加葬礼。

母亲的菜地

有时候，我想回去看看
看屋顶月光
照亮菜园。吃不完的菜
都烂在地里

一个人在家
许多菜怎么吃得完？
姐姐总是说，花几十块油钱回家
还不如菜市买
但她们还是轮流回家

我能想到，母亲守着菜地
等她们归来的样子

夜　晚

这么晚，他们还没有睡
对着天花板发呆
却不知道要说些什么

多少人就这样活过来
即使什么都不做
也还能在薄雾里手牵着手

戴震塑像

面对作古的先生
儿子问"为什么他留着长长的辫子"

为什么微风拂面
他却淡泊得像一张发旧的纸片?

在海边

海边走走
这些年经历的灰暗
渐渐明亮
只有阳光
不曾薄爱过我们

棕榈树
和想象的一样
它们摇摆
像我们经过时，内心的不安

晚风中的骤雨

晚风中的吹鼓手、唢呐队
骤雨中的惊叹
来自不同地方：麻雀扑棱
离开新枝。油菜结荚
弯下更多腰身

春风经过，那些因为忍耐
而放弃生长的人
我们的干涸，来源于枯井
这喉间加速坠落的雨滴
敲打着父亲的屋顶和母亲的柴房

清　理

想把身体里的杂物丢干净
清晨，我已经丢掉
一个煤炉。一袋没有穿过的衣服
六楼窗台，那只麻雀
落下来的枯枝和干草
儿子三岁换下的牙
曾经，它们都是我的一部分
我的孤独，又一次让我
厌倦自己。让我和平原上
受难的秸秆一起，再次遭受
火噬。我们恶毒的灵魂
在那些美丽花朵上
留下斑斑点点的名字。被死亡校阅的
暴雨，就这样注视着我们的屋顶和星空

别　哭

别哭，夜晚即将来临
踩在枯枝上的脚步长出新芽
积雪下，岩石苏醒
丛林的猛兽抱着崭新的身份牌
在黎明醒来

别哭，我们都紧挨在一起
凑了凑剩余的火种。有一种启蒙的思想
正在火焰里飘荡。
高举的榛子树
抱着零星的骨灰盒，依次通过狭小的山谷

独 处

为了独处
他决定离开自己
湖水微凉
木棉花密密匝匝
野稗草挽着秋天向上
一切力量温和而有序

对　抗

我的一生，都在积郁中
沾染对抗的坏习惯

如今，这些对抗过的事物
一起来反对我

像墓碑反抗无言
没膝的小径反抗落日

瘦骨和枯死之间
选择合适的词，用于虚度

如何在瘦骨里找到病马？
在枯死中反对草木轮回？

尘世之外

请原谅这年久失修的古道
阳光照不到这里
请原谅荒凉的滩涂，那是
我多年以后的一张脸

请原谅结队而行的年轻人
他们还相信爱情
手捧玫瑰花，经过我面前

阳台上

阳台上，孩子在改造水枪
瞄准对面屋顶
街道上好久都没有人了

"每养死一株植物，便是
浪费一条生命"
这些濒死的花草拼命点头

"我知道，出生就意味着
有些人已经死去"
有些人，在高处反复跳动

儿子放下小提琴，他要为晚餐前的祷告
洗净双手，准备充足的食物

江 边

这么久，没有人经过它
广场空置很长时间
我们低着头忏悔
受难的事物瞬间活过来
落叶重回枝头
麻雀站在倒塌前的电线杆上
15 路公交车
载满了人，停在暮春的路口

倒叙和晨跑

多想在倒叙中晨跑
沿途水电站
再倒闭一回。姑娘们的花衣裳
带她们回到十八岁

母亲带着四个孩子
槐树下接露水。
稻谷里住着凋敝的村庄

炊烟散去，我要跑到对岸
河面上，漂着十岁男孩捕鱼的网兜

盛大仪式

我们举行盛大仪式

为一头母牛

生下三个牛犊。为旱季

久违的一场暴雨

为圩区，新筑的防洪边坡

我们清贫，但内心明亮

我们种下的植物，都昂着高高的头颅

回忆录

超市出来，那些陈列一新的食品
和我空空的胃
形成巨大反差。但不觉得饥饿
记不清第几次
从市政府围墙下，看榕树遮蔽的天空
分割成不同形状的云彩
像我梦见过的岛屿
如果有一艘船，一直寄存在身体里
让我不再失去年老的亲人。

乌云里盘旋的鸟
它们来来去去，像火盆里亮起来的柴火
农田里，新米还没有丰收
空着的粮仓在示威
母亲将红薯煮在稀饭里
稀稀拉拉的米粒，散发焦虑的光
如果清水能养活我们一家的胃
又何必在烈日里弯腰
何必在尘土里一粒粒地分拣稻米

都过去了，我们踩在泥泞里的腿

如今不曾在泥土里裸露

不曾被碎玻璃划开红艳艳的伤口

"可是风还是冰冷地吹，

一年比一年凛冽"。我想起雪地里提着灯的人

下山路上扛着木柴的人

背着一袋子粮食走到粮站的人

他们逐渐高亮起来，在我的窗户边

风越来越大，星星亮了，又灭了

山顶寺院

通往寺院的小径开满鲜花
我们的坏脾气
藏在沿途松树里
抬头就是明月，离我们
又近了一些

不再对着蜡烛，捻自己的灯灰
不再对一个死去的人，读诗

晚　安

都晚安吧。餐桌前默写作业的小学生
蔬菜店门口捡烂菜叶的妇人
把简历揣在怀里的年轻人
无名墓地上，不知道名字的野花
晚风吹拂过的，都已得到了神的赞美

小时候

冬天的干草堆和运煤的平板车
是温暖的。那时候
不想长大。在炉子里炸爆米花
煤油灯忽明忽灭
趴在米缸上写字。和同桌交换邮票
和小纸条。他们说坏孩子
就是骑自行车撒开车把
就是偷偷喝大人的啤酒，在学校后山
赌钱。在台球室一待就是一整天
请原谅，这些我都干过
只是他们不知道，我裤子上的破洞
是因为和高年级学生打架
他们骂我是野孩子。我还偷偷把五毛钱饭票
塞给小丽，为了让她吃一顿饱饭
为此，一个星期我要饿上三次

雨　夜

请原谅，这些整齐的马匹
落在暗夜里，露台雨毡上
这梦里的嘶鸣，好久没在身体里响起

请原谅，这流离失所的星辰
落在故人屋顶
离别的光，内心深处一路奔腾

四月二日黄山到安庆路上所见

延绵的绿，长在春天的骨头上
温暖的河水。复苏过的石头
我们也在苏醒。去年这时
在凉山，坐在整个世界的对立面
看一辆辆灵柩缓慢地
经过送行的人群。

我看过江水用回旋与人告别
群山用隧道里的长明灯与人告别
就像我，与这么多石桥告别
与车窗外这些插秧的人
果园里剪枝的人、戴着红臂章森林防火的人
超市门口手拿测温枪的人
那些贴着门店转让的人
公交车上戴口罩的售票员
米店里搬着粮油米面的工人

我知道，我在他们中间活过一阵
也消失过一段时间

湖边清晨

湖边久坐，一个濒临决堤的人
一下子涌进
那么多湖水，冰冷的石头
还有久未认领的头骨

她掩饰住这些慌张。清晨的
时光正好消化它们
"它们死后，都在颅骨里
记下了准确的时间"

她内心世界还未长成
胸腔的湖水
总是鼓胀尚未发育的乳房

1980 年，我初次来

像杉木一样活着
很多人已遗忘
已经没有多余的力量
就着煤油灯
阅读泥巴路上的小字

没有谁可以替代我回乡
这么多年的雨水
早就让我亏欠一条河流

只能侧着脸
长久地看一棵枯尽的植物
窗外是 1980 年的夏天，我初次来
夜色陈旧，不可名状

雨中忆旧

哑巴抓住风中的垂柳
暴雨替他喊出内心的愤怒

流水途经的耳郭，荒凉处
似中年乱拂的额头

有人迎面而来
踩响骨节间的草木
颧骨盛满露水的瓦罐

噤 声

我需要噤声，尽管十二月的河道
越来越窄，河床
像脱光衣服的老妇，两岸树木
齐刷刷跪下

那些嘈杂的声响
一会儿在果园，一会儿在村庄
斧子的击打声，并非来自肉体
嘘。天空阴沉，随时都会有雨水破空而出

紫蓬山

为什么，你看见我体内欢腾的
白鸽子？而寂静的合欢树
在你眼里，有着另一个名字
李寻欢，或者阿赫玛托娃

木质阁楼里，悄悄打开鸽笼
多想像英雄一样
将这些囚禁的鸟放生
可是，更多不同颜色的鸟
从四面八方飞进了笼子
我所认为的自由，多么放荡不羁

你知道，湖水里的屈原一直影响着
我的端午。湖水里泼掉的漆
让我想起山脚下最后一天的油画：
晚霞拖着落日的尾巴，铁轨上
一辆绿车皮火车正在被反复涂改

紫蓬山顶，我慢慢剥出胸前的青龙
它有着不入尘世的尾巴
试图和我分离。这骨肉的分离

终于吐出了它多年的怒火和憎恨

你不顾一切的远离，是为了赎罪
为了曾经，不落一叶的冬青树
为了用戒刀砍死瘦马的僧人
为了仙人湖佛园门口的一对石狮子
为了那个没有名字的浪子

还是为了夜幕前，无端的问题：
涅槃后，真的有来世？
为了如鲠在喉的前世，我走在落满黄叶的
秋天里，而窗外的一切
仿佛小部分人掌握的真理
与我笔记本里讴歌的垮掉，遥相呼应

额前灯塔悬于明镜之中。那些有着
魔力的伐木工，依旧面无表情
像我们路过陵园的死掉。
"如果自省让你停止毁灭
你会不会抽出藏在乌桕里的锯子？"
你终于数清了，锯子里
滚落的头颅，以及他们曾经张着嘴
议论过这西庐寺的过往

不惑之年，我想起曾经遇见的那些

不惑的野草，不惑的正午
不惑的河水，不惑的孤峰
不惑的文昌阁，不惑的黄土里消隐的刘铭传
不惑的你，月夜下拂过的垂柳
……

废弃的果园里，你所躲避的万有引力
并非来自下午的一只苹果
被诅咒过的苹果，从指尖坠落
这是你假想的秋天
有着岩石般坚硬的名字。可是你却宽恕不了
另一个对你舍身饲虎的男人

带我走吧，我已经厌倦小报上的
消息和明星。厌倦灶台上
供奉的神灵。厌倦你刻在腕端的
梁山伯和祝英台

花椒树流出多么类似的孤独
我从儿子变成父亲，又从父亲重新变回儿子
我深知这其中的孤独不可名状
我也深知，母亲的病榻前
没有久跪的孝子。而遇见同一天出生的人
藤条鞭笞过的湖水，从未如此安宁

图书在版编目（ＣＩＰ）数据

眺望灯塔 / 一度著. -- 武汉：长江文艺出版社，
2020.11
（第36届青春诗会诗丛）
ISBN 978-7-5702-1881-3

Ⅰ. ①眺… Ⅱ. ①一… Ⅲ. ①诗集－中国－当代
Ⅳ. ①I227

中国版本图书馆 CIP 数据核字(2020)第 205380 号

特约编辑：曾子芙
责任编辑：王成晨　　　　　　　　责任校对：毛　娟
封面设计：璞　闻　　　　　　　　责任印制：邱　莉　　王光兴

出版：长江出版传媒 ｜ 长江文艺出版社
地址：武汉市雄楚大街 268 号　　　邮编：430070
发行：长江文艺出版社
http://www.cjlap.com
印刷：湖北新华印务有限公司

开本：850 毫米×1168 毫米　　　1/32　　印张：4.625　　插页：4 页
版次：2020 年 11 月第 1 版　　　2020 年 11 月第 1 次印刷
行数：2753 行

定价：46.00 元